A Marcus, parce qu'il y a un peu de toi dan

Merci
à Pascal pour la beauté de sa poésie,
à Joseph pour son regard toujours aussi touchant,
à mes amis, ma famille.

Merci à tous ces enfants que je rencontre et qui me donnent tellement d'énergie pour continuer cette formidable aventure.

Retrouvez la collection complète « Le jardin de Juliette et Joséphine » :

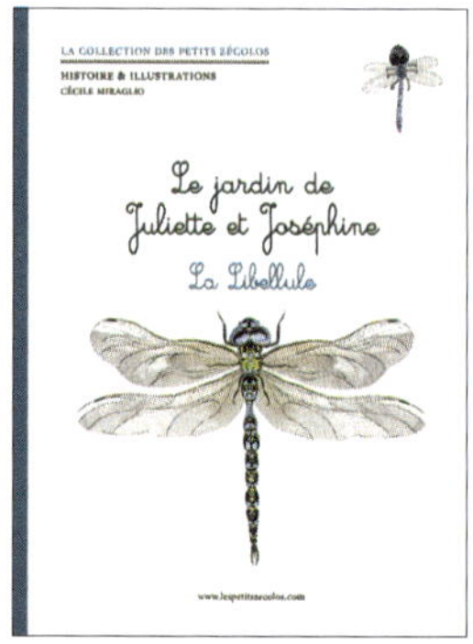

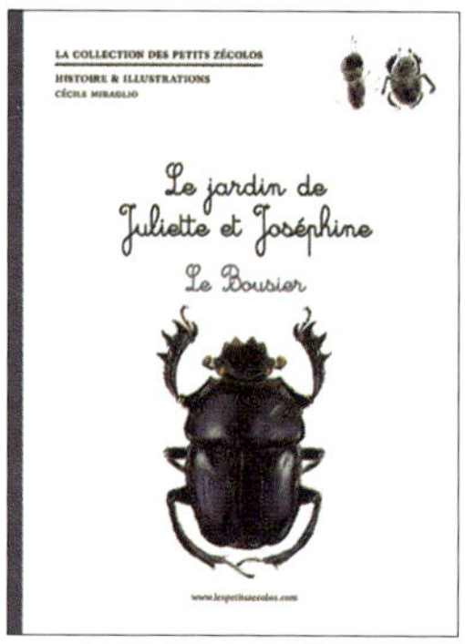

Les livres de la collection « Le jardin de Juliette et Joséphine » sont imprimés en France à Avignon (Vaucluse 84) sur du papier recyclé. Imprimerie Orta.

Texte : Cécile Miraglio - Illustrations : Cécile, Juliette & Joséphine Miraglio
Fable : Pascal Lestrade
Dépot légal : juillet 2021
Ouvrage publié pour la première fois en juillet 2021
ISBN : 978-2-9568934-1-7

Chers enfants...

Je suis une nouvelle fois ravie de vous présenter ce cinquième livre. Vous avez été nombreux à me demander de vous raconter la vie de la cigale. Bien loin de l'image légère et frivole que Jean de la Fontaine en a fait, cet insecte finalement mystérieux mène une vie bien surprenante. C'est à travers de nombreuses recherches que j'ai pu découvrir sa véritable histoire.

Chers illustrateurs, chères illustratrices...

Cette fois encore, vous avez été nombreux à participer à cet atelier. Je remarque que vous avez pris le temps d'observer la cigale, de l'analyser. Je suis certaine que c'est en dessinant que l'on apprend à mieux connaitre ces petites bêtes qui vivent autour de nous, pour ensuite mieux les reconnaitre et surtout ne pas en avoir peur.
Bravo à vous tous.

Je vous souhaite une belle lecture.
Cécile.

Ici on s'active pour protéger la planète

Notre label « éco-confiance »

– Pour butiner, les abeilles se déplacent sur un rayon de 3 kilomètres. Afin de les protéger des pesticides qui tuent chaque année de plus en plus d'insectes, nous avons créé le label « éco-confiance ».

Ce label sert à informer les apiculteurs que nous n'utilisons pas de produits chimiques sur nos balcons, nos terrasses et nos jardins. Il est là pour témoigner de notre implication et de notre motivation à protéger nos amis les insectes.
Promis, juré, craché !

– Très simple d'utilisation, vous avez juste à cocher ce que vous faites au sein de votre habitat pour préserver notre planète et donc nos adorables petites bêtes. Ensuite vous signez sur les petits pointillés et vous collez l'étiquette sur votre boîte aux lettres.

– Si vous avez envie de nous envoyer la photo de votre boîte aux lettres, cela nous ferait super plaisir ! Elle pourrait être publiée sur le compte Instagram de « les_petits_zecolos ».

Ici on s'active pour protéger la planète

Dans cet habitat :

- ⌂ on n'utilise pas de produits chimiques contre les insectes et petits mammifères
- ⌂ on trie verre, piles et ampoules
- ⌂ on mange plutôt bio
- ⌂ on trie ses déchets
- ⌂ on fait son compost
- ⌂ on attire les insectes avec des fleurs mellifères
- ⌂ on installe un hôtel à insectes

Promis, juré, craché ! Prénoms des zécolos

....

lespetitszecolos.com

Si d'aventure l'étiquette était trop grande pour votre boîte aux lettres, envoyez-nous un mail pour que l'on puisse vous en envoyer une plus petite !

Matériel pour observer l'exuvie de cigale

loupe

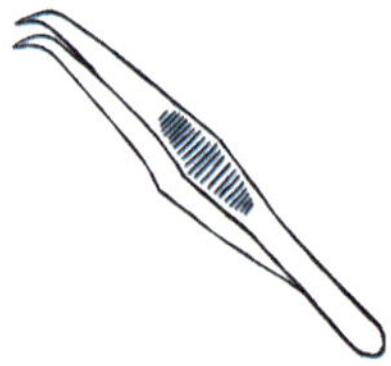

pince à épiler

bocal en verre

« Juliette, viens voir ! Je crois avoir découvert l'exuvie d'une cigale ? crie la petite sœur.

– Waouh, c'est bien l'enveloppe d'une larve de cigale, confirme Juliette.

– Tu m'aides à en chercher d'autres ? Avec un peu de chance, nous pourrions surprendre une cigale en pleine métamorphose.

– Oui, avec plaisir ! Je les aime tant ! Les cigales sont le symbole de la Provence, en "chantant" elles rythment nos journées et accompagnent nos douces soirées d'été.

– On dirait qu'elles chantent encore plus fort quand il fait très chaud. Est-ce que je me trompe ? demande Joséphine.

– Oui c'est ça. Elles s'arrêtent la nuit et lorsqu'il y a du mistral aussi.

– Ah le mistral ! Voilà un autre symbole de la Provence. Et moi aussi, je ne l'aime pas beaucoup, il est très énervant.

– Tu as raison. C'est un vent sec, froid, parfois très violent qui souffle uniquement dans le sud de la France, près du Rhône. Le "mistrau" en provençal. Mais en soufflant, il pousse les nuages pour nous offrir un beau ciel bleu ! Grâce à lui, nous avons le soleil comme ami fidèle. Les jours de pluie et de grisaille sont rares.

– Comment ?! Je ne t'entends pas, parle plus fort ! Les cigales sont très bruyantes par ici !

– D'ailleurs à ce sujet, j'ai lu quelque chose d'invraisemblable, crie Juliette avant de poursuivre. L'assemblée nationale a voté à l'unanimité une loi, en janvier 2020, protégeant le patrimoine sensoriel de nos campagnes.

– Le quoi ? Je ne comprends rien de ce que tu me racontes, s'égosille Joséphine.

– C'est-à-dire que le chant des cigales, des coqs, les coassements des grenouilles, le son de nos jolis clochers ou encore l'odeur du fumier sont des bruits et des odeurs protégés par la loi. Désormais, les touristes ne pourront plus porter plainte si les cigales donnent un concert à l'heure de leur sieste.

– Et il fallait une loi pour protéger notre patrimoine vivant ?! » s'indigne Joséphine.

Comme l'abeille, la coccinelle, la libellule et le bousier, la cigale est un insecte, elle a donc :

- 1 squelette externe que l'on appelle un « exosquelette »;
- 1 corps en 3 parties : une tête, un thorax et un abdomen;
- 3 paires de pattes donc 6 au total;
- 2 paires d'ailes donc 4 au total;
- 2 antennes courtes et fines sur la tête.

Elle appartient à l'ordre des hémiptères. Dans ce grand groupe qui compte environ 120 000 espèces dans le monde, on retrouve les punaises et les pucerons.

Les hémiptères regroupent les insectes piqueurs-suceurs. La cigale est donc équipée d'une bouche en forme d'aiguille creuse. Une sorte de paille pointue appelée "rostre", qui lui sert à piquer puis sucer la sève des végétaux.

Comme la libellule demoiselle, ses ailes se replient lorsqu'elle se pose sur un arbre.

La cigale a une excellente vue : grâce à ses deux grands yeux, elle peut voir à 360°. Sur son front, on observe trois petits points rouges en forme de lentilles, ce sont des ocelles.

Morphologie d'une cigale

• nom : cigale plébéienne. • taille : 35 mm.
• description : cigale noire avec quelques marques blanches et jaunâtres.
• répartition : région méditerranéenne.

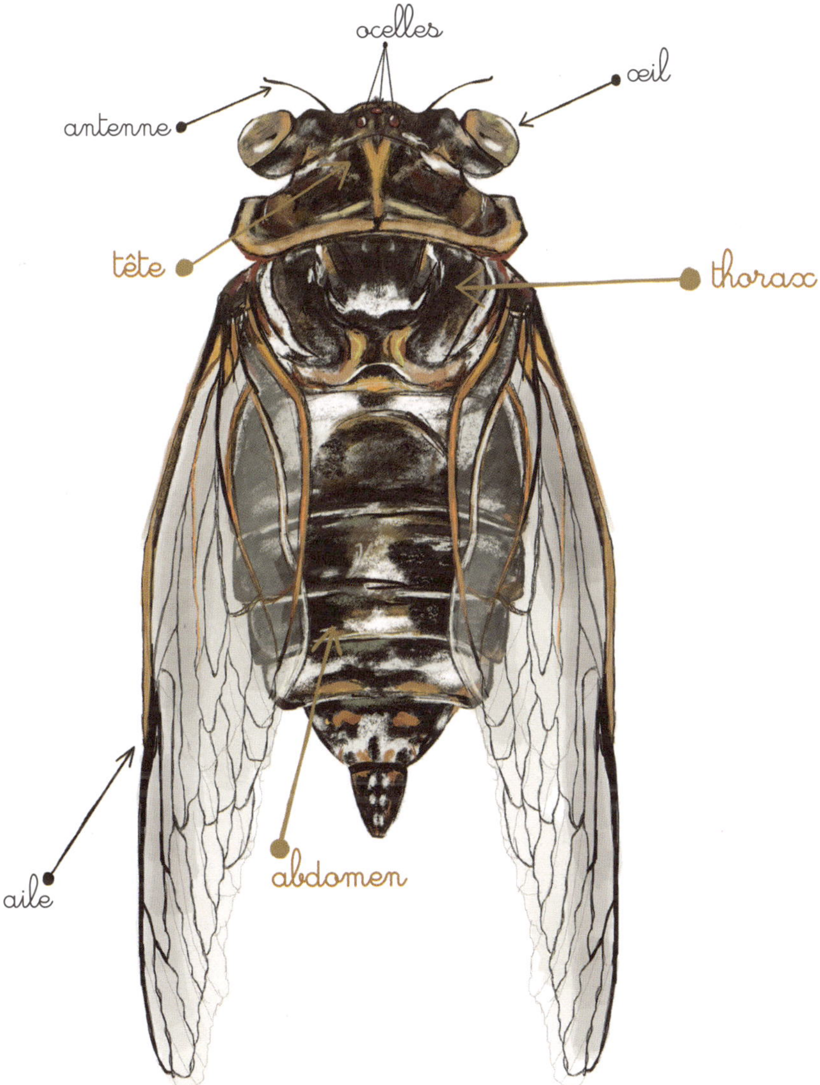

l'ocelle : permet de capter l'intensité de la lumière et détecte les variations de luminosité. De nombreux arthropodes en sont équipés.

Il existe plus de 2500 espèces de cigales à travers le monde. On en compte 24 dans notre pays. La majeure partie, dont les plus rares, vivent dans le sud-est près de la Méditerranée.

En Corse,
- la cigale corse de Rambur,
- la cigale corse aux nervures noires
- la cigalette corse
sont endémiques.

On rencontre également des cigales ailleurs en France, comme dans la moitié nord de la France ou dans les Vosges. Très souvent les gens sont surpris et pensent que ce sont des grillons. Ils se trompent. La cigale rouge "chante" un peu partout sur notre territoire.

Sous l'effet du réchauffement climatique, des cigales ont même été aperçues en Bretagne lors d'étés caniculaires.

Le "chant" des cigales peut être si puissant que nous avons le sentiment qu'elles sont très nombreuses. La réalité est tout autre. Comme bien d'autres insectes, les cigales sont en danger.
L'accélération des constructions, la bétonisation à outrance mais aussi les champs de vignes à perte de vue, réduisent terriblement leur habitat (comme nos garrigues et nos collines...) En effet, les cigales adultes vivent dans les arbres, plus ou moins haut selon les espèces et ont besoin d'un sol pour se développer en tant que larves.

Les différentes cigales

enfin... quelques-unes !

Cigale grise

Cicada orni

Longueur 28 mm. Seule cigale à vivre dans les bois et bosquets du sud de la France et de la Corse.

Cigale rouge

Tibicina haematodes

Longueur 30 mm. Vit dans les bois, forêts et vignes dans les deux tiers sud de la France.

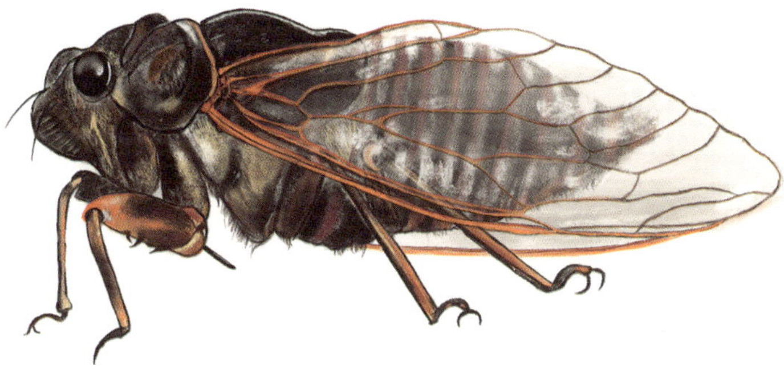

Cigalette corse

Cicadetta fangoana

Longueur 22 mm. Vit dans le maquis jusqu'à 1000 mètres d'altitude.

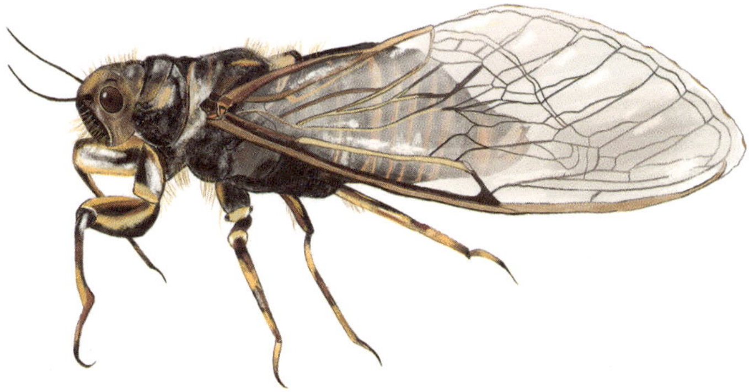

endémique : présence naturelle d'une espèce animale ou végétale dans une région géographique précise. Par exemple : le koala est endémique de l'Australie.

La cigale *Tibicina tomentosa* a été décrite pendant la Révolution française comme une cigale très répandue en Provence. Depuis peu, elle a pratiquement disparu.

«C'est notre curiosité qui nous permettra de les sauver! crie Joséphine interrompant Juliette en pleine lecture.

- Que veux-tu dire par là? dit Juliette, en relevant la tête.

- Je pense que c'est en prenant le temps de découvrir cet insecte, de comprendre son fonctionnement que nous pourrons le sauver! On ne protège pas ce que l'on ne connaît pas! L'ignorance mène à la peur. Au contraire, être curieux, c'est ouvrir les yeux, c'est être courageux!

- Que tu as raison!» acquiesce Juliette, en admiration totale devant sa petite soeur.

La vie de la cigale commence dans les entrailles d'un végétal. Un petit oeuf éclot 1 à 3 mois après la ponte. C'est une minuscule larve de 1,5 mm qui sortira de son enveloppe pour se laisser tomber sur le sol. Un grand saut dans le vide pour le premier jour du reste de sa vie. Une fois sur la terre ferme, la larve, de couleur blanche, cherche à s'enterrer dans le sol pour atteindre les racines des végétaux.

La vie de la cigale

A l'aide de ses 2 pattes avant, elle creuse ; avec ses 4 pattes arrière, elle pousse la terre accumulée. La plupart du temps, le sol est dur et sec, alors la cigale a mis en place un système ingénieux, elle urine. La puissance du liquide va forer le sol et l'humidifier, ce qui lui permet de travailler une terre plus souple. La larve, aveugle et solitaire, avance dans les profondeurs afin de se créer un terrier avec un accès direct vers de nouvelles racines, son alimentation préférée.

« Selon les espèces, une larve de cigale peut vivre sous terre de 2 à 6 ans. La qualité de son alimentation joue aussi un rôle sur son développement, lit Juliette.

– Alors si je comprends bien, la mini-cigale sort d'un petit œuf qui est logé dans la tige d'un arbre. Ensuite, elle saute dans le vide pour aller s'enterrer et vivre seule sous terre ! Mais après que devient-elle ?

– Au cours de sa vie souterraine, la larve va muer 4 fois. Lors du dernier stade, la larve nymphoïde (c'est ainsi qu'on la nomme) prépare sa métamorphose. Ses yeux deviennent rouges profonds, presque noirs. Elle creuse une galerie verticale pour se diriger vers la lumière.

– De même que la larve de libellule sort de l'eau, la larve de cigale va sortir de terre pour finir sa métamorphose. Est-ce bien ça? demande Joséphine.

– Ahahah! Un peu de suspense petite sœur! A quelques centimètres sous terre, la cigale creuse un trou. On reconnaît là son talent de maçonne car l'orifice est souvent parfaitement rond.

– Oh, je suis inquiète, quand est-ce que cela se produit? Je ne regarde jamais où je mets les pieds dans notre jardin, demande Joséphine.

- C'est au début de l'été que les métamorphoses ont lieu. Mais sois tranquille car très vite notre insecte cherche une branche pour effectuer sa dernière mue.

- Encore une fois, c'est comme la libellule ! Donc je devine qu'elle a besoin de calme. Est-ce que je peux raconter la suite ?

- Avec grand plaisir.

- Super ! La cigale s'agriffe très fort sur le support qu'elle a choisi et reste immobile. D'un seul coup, son enveloppe larvaire va se déchirer au niveau du dos, faisant naître la nouvelle cigale. Le spectacle doit être incroyable. Etape par étape, nous pourrons apercevoir sa tête, puis ses pattes...

- Waouh, je suis impressionnée petite sœur.

- Par contre je ne sais pas combien de temps dure la métamorphose.

- Il lui faut moins de 30 minutes pour quitter son exuvie, mais elle va devoir attendre 3 heures avant de s'envoler. Son corps doit sécher, ses ailes se solidifier. Les couleurs passent du vert vif à des teintes plus foncées. Cette étape importante lui permettra par la suite de bien se camoufler.

- Cela veut dire que durant la métamorphose, la cigale est vulnérable !

La métamorphose

- Oui, elle est totalement sans défense et donc à la merci des fourmis, des guêpes, des mantes religieuses...

- Et une fois adulte, j'imagine qu'elle se fait piéger dans des toiles d'araignées, et que les oiseaux sont ses plus redoutables prédateurs !

- Le moineau est de loin le plus grand chasseur de cigales. Mais il y a aussi la pie-grièche, le guêpier d'Europe, la mésange charbonnière et la chevêche, un magnifique rapace qui peut se nourrir de cigales adultes mais aussi chasser les larves à peine sorties de terre pour sa progéniture.

- La fameuse chaîne alimentaire ! En tout cas c'est en été que toutes les naissances de cigales ont lieu et nous pouvons les entendre chanter du matin jusqu'au soir... Je les adore. Cet été, avec mes copines Raphaëlle, Mona et Lilas, nous prendrons le temps de les observer...

- En fait la cigale ne chante pas vraiment...

- Juliette, il semblerait que tu aies des problèmes d'audition si tu n'entends pas ces grandes concertistes.

- Bien sûr que je les entends, d'ailleurs j'ai lu que c'était l'insecte le plus bruyant de la planète. Mais on ne peut pas vraiment parler de "chant", car le son ne sort pas de leur bouche.

Les prédateurs naturels de la cigale

enfin... quelques-uns !

le guépier d'Europe

l'araignée

la mésange charbonnière

la guêpe

la fourmi

la mante religieuse

le moineau

la chevêche

– Ça alors ! Mais d'où sort-il, comment font-elles ?

– Tout d'abord, sache que c'est une technique de séduction. Ce sont les mâles pour attirer les femelles qui donnent une sorte de concert », explique Juliette avant de replonger dans son livre.

Ils sont équipés d'un organe situé à la base de leur abdomen, derrière les opercules, c'est l'appareil sonore. Il est constitué de deux plaques courbes que l'on appelle les "cymbales".

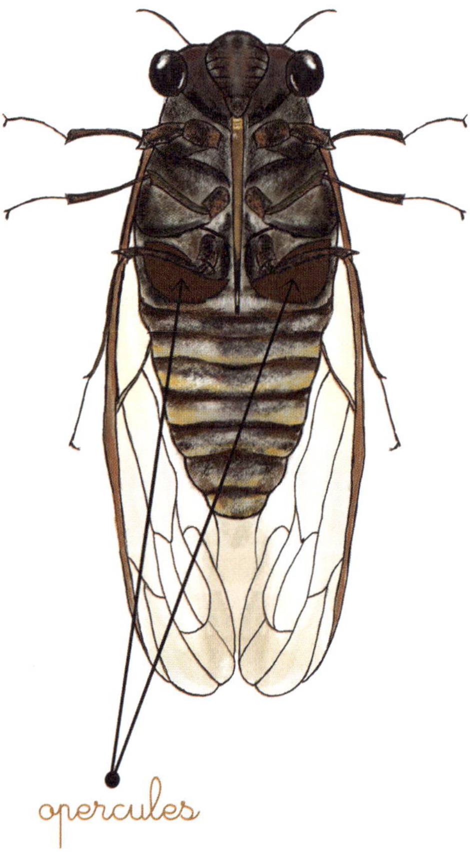

Lorsque le muscle se contracte, il tape contre ces deux plaques, on dit alors que la cigale cymbalise. L'abdomen sert de caisse de résonance et amplifie le son.

C'est donc ce claquement qui se fait jusqu'à 800 fois par seconde qui définit le "chant" de la cigale. Chaque espèce émet un son différent.

« Je te propose de faire deux expériences pour comprendre à quoi cela peut ressembler. Est-ce que tu es prête ?

– Oui, avec plaisir », répond Joséphine.

La cigale ne chante pas, elle cymbalise

Expérience n°1

- Prends un pot de confiture vide.
- Visse le bouchon.
- Lorsque le pot est bien fermé, appuie le plus de fois possible sur le centre du couvercle avec ton doigt.

Un peu comme la cigale, c'est avec la pression de ton muscle (ton doigt) que tu actionnes la cymbale. Le pot vide fait lui aussi caisse de résonance et amplifie le son.

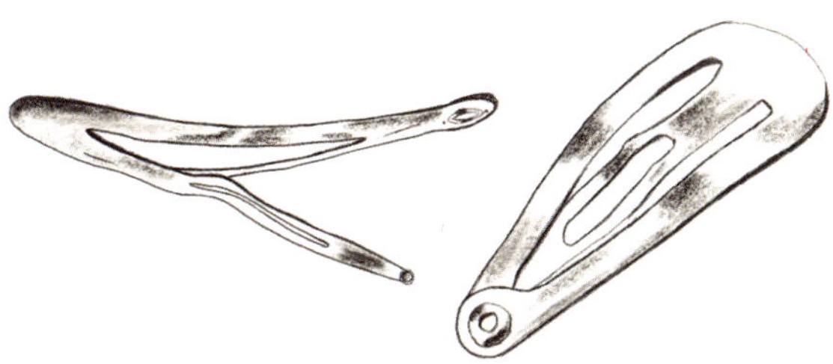

Expérience n°2

- Prends une barrette pour cheveux qui se clipse et ouvre-la.
- Pour la fermer, pousse la barrette sur les côtés et écoute le son.

Reproduis ce geste le plus de fois possible. C'est une manière de comprendre le mécanisme des cymbales qui s'activent avec la pression du muscle.

« Est-ce que les mâles "cymbalisent" seulement pour courtiser les femelles? demande la petite sœur.

– Oui, la plupart du temps, cela s'appelle la cymbalisation d'appel nuptial, mais il en existe d'autres comme par exemple :

* la cymbalisation d'inquiétude : quand le mâle est perturbé par quelque chose d'inhabituel dans son environnement.

* la cymbalisation d'opposition : lorsque deux mâles sont trop proches l'un de l'autre et qu'ils se font concurrence.

* la cymbalisation de fuite : juste avant de s'envoler subitement car un danger a été perçu.

– Mais Juliette, comment font les femelles pour entendre le concert de chaque mâle? Est-ce qu'elles ont des oreilles?

– Oui, les cigales sont équipées de "deux capsules auditives" situées sur les côtés de leur abdomen. Les femelles peuvent entendre leur prétendant jusqu'à 800 mètres.

– Et une fois que la femelle a entendu la cymbalisation d'un mâle, que se passe-t-il? demande Joséphine très curieuse.

– Si la femelle est sous le charme, elle volera vers lui, puis ils s'accou-pleront pendant une trentaine de minutes avant de se séparer. Ensuite le mâle se remettra à cymbaliser pour courtiser d'autres femelles.

Différencier le mâle de la femelle

- Et pendant ce temps là, que fait la femelle?

- Elle cherche une tige, une branche ou un tronc pour pondre. C'est avec sa tarière, une pointe dure et tranchante située au bout de son abdomen, qu'elle transperce le support pour pouvoir ensuite y déposer délicatement ses œufs (entre 5 et 15), puis elle se retire, avance de quelques centimètres et recommence. Selon les espèces, une femelle peut pondre entre 250 et 800 œufs, cela dure quelques heures jusqu'à plusieurs jours. Ces petits œufs grandiront jusqu'à l'automne et écloront pour donner naissance à de petites larves...

- ...Ces larves sauteront de l'arbre pour rejoindre la terre ferme et creuser de petits terriers. Enfouies dans le sol, elles seront à l'abri du froid et pourront se nourrir de racines, interrompt la petite sœur, très attentive... Mais que devient la femelle qui a pondu?

- La femelle comme le mâle, après une longue vie souterraine de 2 à 6 ans, profite de l'été seulement quelques semaines avant de mourir.

- C'est un peu triste! Mais est-ce que tu réalises que certaines larves qui s'enfouiront dans le sol à la fin de l'été réapparaîtront en été 2027? dit Joséphine complètement abasourdie.

- Oui, et il y a même une cigale aux États-Unis qui reste sous terre pendant 17 ans... dit Juliette en refermant son livre.

Les insectes musiciens

La sauterelle et le criquet

la sauterelle

Les mâles criquets et sauterelles utilisent leurs ailes pour faire de la musique et séduire les femelles.

Ils les frottent à leurs pattes à un endroit très précis. Parfois la vibration est si rapide qu'il est impossible de voir les ailes bouger.

Chaque espèce émet un son différent.

le criquet

Le grillon

Le grillon vit seul dans son terrier.

Pour attirer une femelle, il devient musicien.

C'est en frottant ses deux élytres que la musique se déclenche. Son aile droite est équipée d'un archer qui vient se frotter sur l'aile gauche. Équipée d'un tympan sur la patte, la femelle peut entendre la musique et venir à lui pour s'accoupler.

- S'il te plaît Juliette, raconte-moi la vie de ces cigales "zombies"! supplie la petite sœur.

- Cet été 2021, aux États-Unis, de New-York à Washington, près de 15 états se préparent à une incroyable invasion de cigales qui sont restées sous terre pendant 17 ans.
On les appelle les "Brood X", la dernière fois qu'elles sont apparues c'était en 2004. Elles annoncent le début de l'été car elles sortent dès que les températures sont élevées.

C'est donc près d'un milliard de cigales aux grands yeux rouges qui vont sortir de terre.
Complètement inoffensives bien que parfois effrayantes par leur grand nombre, elles mesurent jusqu'à 5 cm et vivent jusqu'à 6 semaines. Le temps de se nourrir de la sève des végétaux, de se reproduire pour assurer leur descendance en 2038.

- Waouh, c'est incroyable! On pourra peut-être prévoir d'aller voir ce spectacle dans 17 ans.

- En tout cas, cela nous laisse le temps de nous organiser » conclut Juliette en riant.

La cigale de 17 ans

igale de 17 ans *Magicicada septendecim*

ongueur 35 à 42 mm. Vit dans les forêts
ontagneuses à l'Est des Etats-Unis.

Les cigales passent près de 90% de leur vie dans les profondeurs à se nourrir de racines depuis le temps des dinosaures.

Il faut attendre que les températures soient élevées (environ 24°C) pour les voir apparaître. Elles vont s'installer dans les arbres pour s'alimenter de la sève des végétaux. C'est avec leur rostre qu'elles vont piquer, puis sucer ce délicieux breuvage. Contrairement aux pucerons et aux punaises (qui sont aussi des insectes piqueurs-suceurs), les cigales n'endommagent pas les arbres.

Après avoir creusé de longs terriers à l'état de larve dans des conditions difficiles, les cigales adultes profitent de la chaleur des garrigues et du maquis pour se reproduire et assurer leur descendance.

Elles sont très convoitées par leurs prédateurs tout au long de leur vie. Plus de 95% d'entre elles ne mourront pas d'une mort naturelle.

La cigale est donc bien loin de mener une vie d'insouciance, comme nous le pensions tous après avoir lu la fameuse Fable de la Cigale et la Fourmi de Jean de la Fontaine.

Puisque nous ne pouvons pas en vouloir au célèbre fabuliste (il n'avait a priori jamais rencontré de cigales), nous avons demandé à notre poète préféré, Pascal, de corriger tout cela... et en poésie bien entendu ! Les enfants, êtes-vous prêts ? Alors chantez maintenant :

La "chanson" de la cigale

Do Ré Mi Fa Sol La Ci - gale

Ne chantera pas tout l'été
  Ne vous déplaise
Elle n'a pas de cordes vocales
Nature l'a d'un "rostre" dotée

Inadaptée pour la chorale
Cette bouche fort originale
Rend si facile à suçoter
La sève du bon végétal
  Foi d'animal

Do ré mi fa sol la cigale
  C'est là son moindre défaut
Ne dansera pas cet hiver
Au cimetière fera dodo
Do si la sol fa mi ré do

Pascal Lestrade

Il était temps de rendre hommage à l'insecte le plus emblématique de notre douce Provence. Nous avons adoré découvrir la vie très mystérieuse de cet insecte et nous espérons que vous avez aimé cette nouvelle histoire.

Cependant, comme pour les quatre premiers livres, nous avons peut-être oublié quelque chose... Alors, si vous avez une ou plusieurs questions, nous vous proposons d'aller sur notre site internet www.lespetitszecolos.com avec un adulte et de nous interroger. Nous essaierons de vous répondre.

Si vous avez envie de nous envoyer ce que vous faites pour nos amis les animaux, nous serons ravies de le montrer aux autres «Petits Zécolos» sur notre compte Instagram. Que ce soit un dessin, un hôtel à insectes, ou même l'étiquette que vous avez collée sur votre boîte aux lettres, cela nous fera super plaisir. Vous pouvez nous l'envoyer par mail à :
info@lespetitszecolos.com

A bientôt pour la découverte d'un autre insecte! Vous avez une idée du prochain héros?

Joséphine & Juliette.

Azilys 5 ans

Clara 8 ans

Clémence 5 ans

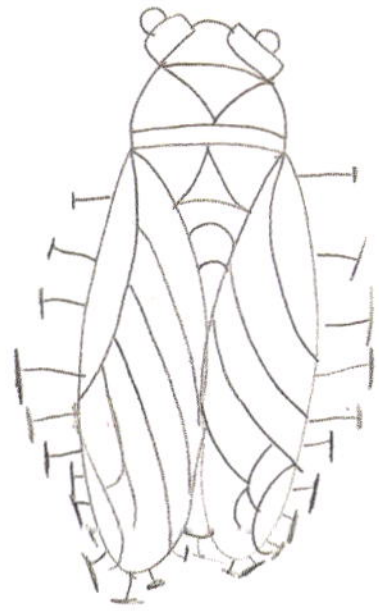
Samy 5 ans

Mia 3 ans

Louïs 10 ans

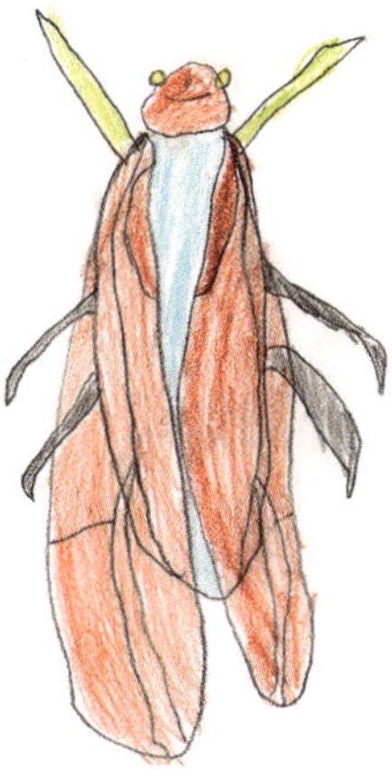
Enaël 5 ans

Louan 5 ans

Gauthier 7 ans

Rose 7 ans

lalo Lao 3 ans

Mohammed 7 ans

Suzanne 5 ans

Mila 6 ans

Gabriel 6 ans

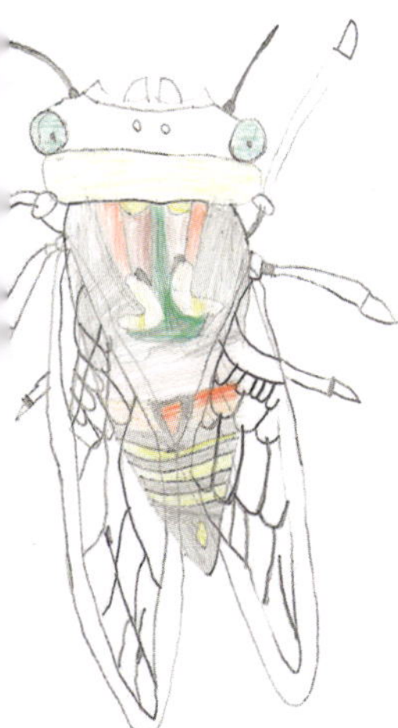
Corentin 6 ans

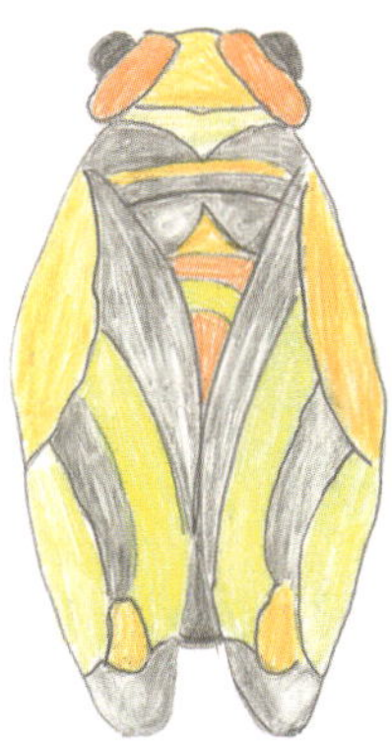
Romy 9 ans

Paul 4 ans

Maieul 5 ans